Heinrich Mylius

Gedichte in Themarer Mundart

Anatiposi

Heinrich Mylius

Gedichte in Themarer Mundart

Unveränderter Nachdruck der Originalausgabe von 1845.

1. Auflage 2023 | ISBN: 978-3-38260-052-5

Anatiposi Verlag ist ein Imprint der Outlook Verlagsgesellschaft mbH.

Verlag: Outlook Verlag GmbH, Zeilweg 44, 60439 Frankfurt, Deutschland
Vertretungsberechtigt: E. Roepke, Zeilweg 44, 60439 Frankfurt, Deutschland
Druck: Books on Demand GmbH, In de Tarpen 42, 22848 Norderstedt, Deutschland

Gedichte

in

Themarer Mundart

von

Heinrich Mylius.

Mit einer Einleitung

von

Friedrich Hofmann.

Hildburghausen.
In Commission der Kesselring'schen Hofbuchhandlung.
1845.

Einleitung.

Fürsten und Bauern theilen in Beziehung auf die Sprache ein Schicksal: Beider Sprache ist an Wörtern und Wendungen ärmer, als unsere Schriftsprache, sobald diese in ihrer vollen Ausbildung und Freiheit benutzt wird. An den Höfen, nämlich der Fürsten, verschuldete die Jahrhunderte lang absichtlich bewahrte Entfernung von der Natur und vom Volk diese Armuth an naturwüchsigen Kraftausdrücken, diese Scheu vor allen volksthümlichen Witz- und Schlagworten, diese ängstliche Bewachung der enggezogenen Anstandsschranken hinsichtlich der geistigen Bewegung dieser sogenannten höchsten Gesellschaft. Der Fürst und dem Fürsten gegenüber der Gebildete darf manches, seinen Gegenstand auf's Treffendste bezeichnende Wort nicht anwenden, weil es innerhalb der fürstlichen Hallen äußerst widerlich an die Ohren gar vieler Hofherren und Damen schlagen würde, die außerhalb dieser Hallen nicht selten dem andern Extrem rücksichtslos in den Schoos fallen. (So war einst Jean Paul an einer fürstlichen Tafel in nicht geringer Verlegenheit, als die regierende Herzogin ihn um den Gegenstand seiner dermaligen poetischen Thätigkeit befragte: er arbeitete eben an den „Flegeljahren", und Flegel sind bekanntlich nicht hoffähig.) Dagegen tritt uns in und bei den Höfen, nämlich der Bauern, die natürliche Quelle aller eigenthümlichen Wörter und Bilder der Volkssprache entgegen. Unter Bauern verstehe ich hier die Bewohner der Dörfer und kleinen, vorzugsweise von Feldbau und Viehzucht lebenden Landstädte; in den größeren Haupt= und namentlich vielen Residenz=städten haben die unteren Schichten der Einwohner=schaften einen in Aussprache und Satzbau von dem des Landvolks verschiedenen Dialect ausgebildet, der in der Regel gemeiner, roher und poesieloser ist, als jener. Die Ursache liegt so nahe, als die eben bezeichnete Quelle der Landvolkssprache. Jeder nicht höher Begabte betrachtet die Welt und ihre Erscheinungen durch die Fenster seiner Werkstatt, mag diese eine Studirstube oder eine Nagelschmiede seyn, und während nun der höher Begabte, der Forscher, der Dichter, aus der Betrachtung des Universums zu sich zurückkehrend, die Ordnungen des großen Weltganzen auch auf die nächste, im Kreise seiner Herrschaft liegende Umgebung überzu=tragen und nicht nur das Bild der Weltordnung in systematischer Weise und in verjüngtem Maß=stabe um sich her wiederzugeben sucht, sondern auch die Weise seines Ausdrucks, die Bilder seiner Sprache durch den Wiederschein von den schönsten Sternen jener höheren Sphäre verschönert und veredelt, — bleibt der niedere Handwerker und Handlanger in Wissenschaft, Kunst und Gewerb an den Bildern haften, die ihm seine Werkstatt bietet, und er über=trägt sie mit Wohlbehagen auf die größten Erschei=nungen, die ihm durch die Fenster seiner Werkstatt ersichtlich werden. Je niedriger die Beschäftigung,

je häufiger das Zusammenseyn bei gleicher Arbeit
und gleicher Vergnügung, desto gemeiner werden
Vorstellungen und Ausdruck derselben; dazu gar
gerechnet den Eindruck und Einfluß, welchen Ent-
behrung und Noth auf so verwahrloste Wesen aus-
üben, so wird sich herausstellen, warum die Sprache
der untersten Volksklassen in Städten, welche eine
größere Masse von niedrigen Handwerkern und ge-
drückten Taglöhnern ernähren, einen überwiegenden
Reichthum an gemeinen und rohen Formen hat.
Die Poesielosigkeit solchen Dialekts und Volks versteht sich von selbst. — Die Hauptwerkstatt des
Landmanns aber ist die Natur, aus ihr schöpft
er die Kraft seiner Sprache, sie gibt ihm die poetischen Formen und Bilder, die, von den Urvätern
ererbt und von Kind und Kindeskind stets treu bewahrt, immer frisch, wie ihre Quelle, sind; aus
dem steten Umgang mit der Natur bis zu den untersten Stufen derselben entspringt auch die gesunde
Derbheit, aber ebenso auch die unfläthige Grobheit,
die sich bisweilen ohne langes Suchen in der Bauern-
sprache zu Tage legt. Diese Vorzüge reinster Ur-
sprünglichkeit der Redeformen haben die Dialekte
aller vorzugsweise in der freien Natur lebender
deutschen Volksstämme mit einander gemein, von
den Matrosen und Landbewohnern des platten Nor-
dens bis zu den Gebirgsvölkern Mittel- und Süd-
deutschlands, und es spricht sich dieser edlere Charakter der Landvolksmundarten deutlich sogar in
den hervorragendsten poetischen Produktionen der
einzelnen, unsre Dialekte beherrschenden Dichter aus:
Hebel führt uns stets in Dorf und Feld herum,
mit Franz von Kobell steigen wir größtentheils

mit Jägern, mit Buben und Diendeln von Berg
zu Berg. Beider Sprache und Haltung bleibt durchaus edel, stellt dem Volk sein eigenes Bild in einem
schönen Lichte und von gar beachtungswerthen Seiten dar, während der alte Grübel nicht umhin
kann, uns manchmal in nürnberger Spelunken zu
verlocken, wo's loser hergeht, als für bürgerliche
Sitte und Würde gut ist, und wo manche Rede-
wendung laut wird, die ich in Frauengesellschaft
nicht vortragen möchte. Von diesen allgemeinen
Bemerkungen über die Volksmundarten kehren wir
zu der Behauptung von der Gleichheit der Fürsten und Bauern hinsichtlich der sprachlichen Armuth zurück. — Während der Fürst viele Ausbrücke der Volkssprache nicht gebrauchen darf,
weil sie gegen den Hofanstand sind, mag der Bauer
viele Ausbrücke der Schriftsprache nicht über die
Zunge bringen, weil sie gegen seine Bauerngewohn-
heit, weil sie nicht im Dorfe heimisch sind, kurz,
weil zu städtisch, zu „fürnehm“ klingen; er windet
sich in solchen Fällen lieber durch die langweilig-
sten Umschreibungen vom Gebrauch des Wortes los,
als daß er, namentlich in Beiseyn von „Stadtleu-
ten“, darin seinem Stolz etwas vergäbe. So wird
ein ächter Bauer nie das Wort „Dichter“ brau-
chen, er sagt: „Aner, der Verschle (oder Karmana)
macht;“ statt: „Wie viel sind Professoren in Jena?“
fragte mich ein fränkischer Bauer: „Wie viel senn
Dara dort, wo die Stubanten hie in die Lehr
gehn?“ Und so weiter.

Wozu aber Studium und poetische Benutzung
der deutschen Volksmundarten?

Diese Frage ist in den letzten Jahrzehnten oft

und in sehr verschiedener Weise beantwortet worden. Storch *) beklagt, „daß die Mundarten der
vier großen deutschen Volksstämme, welche sich in
den Stürmen der Zeit bis auf unsere Tage, wenn
auch theilweise nur in kleinen Ueberresten, in Deutschland erhalten haben, nämlich der Schwaben (Ale-
mannen), der Franken, der Thüringer und der
Sachsen, nicht gleichmäßig zu Schriftsprachen ausgebildet worden sind, wie dies mit den altgriechi-
schen Dialekten der Fall war" — und befürchtet, „daß
die Dialekte und Idiome im Volke im schnellen Abster-
ben begriffen sind.... Das Volk schämt sich ihrer.
Wer sich nur irgend fühlt und was Bessers seyn
will, spricht „hochdeutsch." Schule und Kirche lehren das Hochdeutsche und schleifen die Eigenthüm-
lichkeiten des Dialekts mehr und mehr ab; die Be-
rührung mit Fremden in der Fremde und Heimath
setzt die Lehre fort, und bald werden Dampfwagen
und eine neue Zeit, die umgestaltend und Altes be-
seitigend schon im Vorhofe steht, die letzten Spuren
der Volksmundarten verwischen." Storch stellt daher das Niederschreiben und Aufbewahren der Reste
der Volksmundarten als nützlich und nothwendig
hin, damit diese Dokumente einst als Materialien
zu einer umfassenden Geschichte der deutschen Sprache
dienen könnten.

Wir theilen weder Storchs Wunsch, noch seine
Befürchtungen. Es war für Deutschland, für die
geistige Entwickelung des deutschen Volks kein kleiner Gewinn, daß seit der Kirchenreformation (vor-

---

*) Gedichte in hennebergischer Mundart von Kaspar
Neumann. Mit einer Einleitung von Ludwig Storch.
Gotha 1844.

her schrieb man in allen deutschen Dialekten) aus den Mundarten des südlichen und mittleren Deutschlands eine Sprache hervorwuchs, die, von den kräftigsten Geistern jener Zeit gepflegt, in Kurzem als allgemeinverständliche sich über alle deutschen Völkerschaften ausbreitete. Ist etwas zu beklagen, so sind es die Rückschritte, welche die bereits so ausgebildete allgemeine Schriftsprache in den finsteren Zeiten des 17. und 18. Jahrhunderts machte; leicht hätte wohl auch ein anderer, als der meißner Dialekt, verdient, beim Aufbau der deutschen Schriftsprache den Grundstein zu bilden; immerhin bleibt es aber ein Glück der Deutschen, daß sich zu ihrer politischen und religiösen Zerrissenheit nicht auch eine sprachliche gesellte und die Aehnlichkeit des Reichs mit dem babylonischen Thurm vervollständigte. Holland hat aus seinem Zweig des Plattdeutschen einen eigenen Baum gezogen, — und zu welchem Nutzen? Seine politische Selbstständigkeit ist dadurch nicht fester, aber seine literärische Armuth um Vieles größer geworden, während die in vollkommener politischer Selbstständigkeit dastehende Schweiz sich mit der deutschen Sprache auch den ganzen Reichthum der deutschen Literatur bewahrt hat. Und wenn auch die von Storch aufgeführten vier Sprachstämme zu Schriftsprachen ausgebildet worden wären, die vielen Unterabtheilungen, die Nuancirungen, in welche diese Dialekte zerfallen, würden nicht in ihnen aufgegangen seyn, das Studium der einzelnen Dialekte wäre, wie jetzt, für jeden nach Veredelung und Bereicherung der Schriftsprache Hintrachtenden Nothwendigkeit geblieben. Sogar in eben diesem Holland, das sich nun Jahrhunderte mit der Herstellung und Ausbildung einer Nationalsprache abmüht, bestehen Dialekte nach wie vor. Eine der neuesten Nachrichten*) sagt darüber: „Man wähne nicht, daß der holländische Dialekt sich auf einmal abschließe, ja, daß er in sich so fest geschlossen sey, als die holländischen Schriftsteller hie und da behaupten. Er geht vollkommen stufenweise von der kölner Sprache**) und dem westphälischen Plattdeutsch im Süden und vom ostfriesischen im Norden in die verschiedenen Dialekte über, welche in Holland gesprochen werden und welche vielfältig von der Schriftsprache abweichen." — Hinsichtlich Storch's Befürchtung des allmähligen Verschwindens der Dialekte aus dem Mund des Volks hat der edle Dichter wohl zu schwarz gesehen. Dreihundert Jahre hat nun die Schriftsprache von Seiten der Schulen, Kirchen und weltlichen Behörden am Volke herumgelehrt und an den Dialekten herumgerüttelt, und noch stehen sie so fest als zuvor; sogar im deutschen Kaiserhaus zu Wien erklang noch vor kurzer Zeit (und erklingt vielleicht bisweilen noch) in gemüthlichen Stunden die Sprache des Praters. Der Dampfwagen rauscht viel zu rasch an des Bauern Landeinsamkeit vorüber, um auf seine sprachliche Bildung von Einfluß zu seyn, und

------

*) Augsb. Allgem. Zeit., Jahrg. 1845, Beilage Nr. 104, unter dem Artikel: „Unsere Ströme."

**) Hiernach würde die von Bernhardi (Sprachkarte von Deutschland. Als Versuch entworfen und erläutert von Dr. Karl Bernhardi. Kassel 1844.) gezogene Grenze der mitteldeutschen Mundarten von Düsseldorf bis oberhalb Köln herabzurücken und die kölner noch den niederdeutschen Mundarten anzureihen seyn.

wenn eine neue Zeit im Vorhofe steht, so wird sie lehren, nicht wie, sondern was der Bauer und Bürgersmann künftig sprechen soll.

Mit mehr Grund klagt August Stöber*) im Elsaß, wo Frankreich mit ziemlich russischen Mitteln gegen das Deutschthum ankämpft, über den allmähligen Untergang der (meist im oberrheinischen Dialekt spielenden) Kinder- und Volksliedchen, Spielreime und Mährchen: „wir wollen," sagt er, „als Zeichen und Zeugen jener versinkenden Zeit, diese Sprüche, Reime, Liedlein und Mährlein noch einmal um uns versammeln, sie in die alte Geschichte unseres Elsaßes eintragen und ihnen, als lieben Todten, ein bescheidenes Denkmal setzen." — Solche Worte sollten nicht wirkungslos an den Ohren deutscher Dichter und Schriftsteller verhallen: Stöber, Otte und ihre elsäßischen Genossen im Kampfe gegen das hereinbrechende Franzosenthum verdienten kräftigere Unterstützung vom deutschen Volk und seinen vielen schreibenden Geistern.

Wir reden dem Studium der Volksmundarten in dreierlei Beziehung das Wort: in Beziehung auf Bereicherung der deutschen Sprache und Berichtigung der deutschen Grammatik, in Beziehung auf das Studium der Geschichte und endlich des Charakters der jetzt deutsch redenden Volksstämme. Diesem, das Studium der Dialekte betreffenden, ebenso interessanten, als wichtigen Gegenstand widmen wir, um

---

*) Elsäßisches Volksbüchlein. Supplement zum elsäßischen Sagenbuch. Kinder- und Volksliedchen, Spielreime, Sprüche und Mährchen, herausgegeben von August Stöber. Straßburg 1842.

die uns hier gezogenen Grenzen nicht zu überschreiten, später ein besonderes Blatt; einstweilen verweisen wir in dieser Hinsicht auf Bernhardi's angeführte Schrift, auf Radlof's Mustersaal ꝛc. Bonn 1821 f., auf A. Wendel's Programm: „Von der Aehnlichkeit des koburger Volksdialekts mit dem im Großherzogthum Posen", Koburg 1822, auf Brückner's „Abhandlung über das hennebergische Sprachidiom" in dem Programm der Realschule, Meiningen 1843; gegenwärtig ist das großartigste Unternehmen für die Erforschung der Dialekte Firmenichs „Germaniens Völkerstimmen."

Die poetische Benutzung der Volksmundarten in unserer Zeit ist mit weniger Worten gerechtfertigt, und die Rechtfertigung derselben gehört in diese Einleitung. Erstens gilt es, dem Sprach- und Geschichtsforscher Material beizuschaffen. „Soll," sagt Brückner, „ein Vergleichungswörterbuch aller deutschen oder gar aller germanischen Idiome geschaffen werden, damit man die Arten und Gattungen der Wörter, ihre durch die verschiedenen Volksstämme erfolgten Veränderungen in Absicht auf Laut und Begriff und also nicht allein eine Naturkunde, sondern auch eine Dialektsgeographie erhalte, so müssen zu dem Ende alle einzelnen Sprachgauen ausgebeutet werden, um den vollständigen linguistischen Schatz einer weitern und höheren Verarbeitung vorzulegen." Nun kann diese Ausbeutung der Sprachgaue wohl auch in ganz prosaischer und rein tabellarischer Weise geschehen, wie denn das ausgezeichnete Werk Schmellers *)

*) „Die Mundarten Bayerns grammatisch dargestellt von J. Andr. Schmeller, k. bayer. Oberlieutenant." München 1821. 8.

zum großen Theil auf diesem Wege entstanden ist. „Viele Notizen,“ berichtet er S. XI der Vorrede, „habe ich durch Selbsthören und Selbstsehen auf wiederholten Wanderungen durch die meisten Gegenden des Königreichs gesammelt; andere habe ich, mit Bewilligung der Militärbehörden, durch planmäßige Vernehmung neueingereihter Conscribirten, als einzelner Repräsentanten ihrer Dialekte, mir zu verschaffen gewußt.“ Wäre es aber auch vielen oder allen Sprachforschern vergönnt, die Beischaffung des Materials so klug auszuführen, wie Schmeller, so werden wir doch von der Hand der meisten nicht die frische, blühende Gestalt der Sprache, sondern ein verkleistertes Gerippe derselben erhalten. Das Auge, ja das ganze Gesicht des Volks muß hinter den Lauten hervorsehen, es muß der Geist des Volks in der Form stecken, wenn sie charakteristisch wahr hervortreten soll. Nur dadurch erhält das Studium der Dialekte eine höhere Weihe, daß aus demselben der Charakter des Volks, aus seiner eigenthümlichen Logik sein innerstes Wesen zu Tage kommt: für diese feinen Fäden sieht nicht jeder Sprachforscher klar genug, hier ist des Dichters Feld, denn nur

„Der Dichter sieht in's Auge,
Der Dichter sieht in's Herz.“

Zweitens. Das Volk singt am liebsten, „wie ihm der Schnabel gewachsen ist.“ Die Volkslieder müssen meist die Mundart der Sänger und Sängerinnen annehmen, und schleicht sich auch einmal eine Opernarie auf's Dorf, es dauert eine kleine Weile, so sind die einzelnen Worte schon mundgerecht gemacht, und hält auch der schriftdeutsche Satzbau noch Stand, so sind die Bursche doch selten eher befriedigt, als bis jeder Strophe ein althergebrach= ter Gassenhauer, ein Stück von einem „Schlumper= lied", ein Schnaderhupfel angehängt ist. Leider lebt aber im Volk ein sehr großer Ueberfluß von sehr unsauberen und sehr verderblichen Reimereien. Da traten mit Grübel, Hebel, Castelli, Ko= bell u. A. Dichter auf, welche ihren Völkerschaften Lieder in der eigenen Mundart brachten, die, auf einer sittlichen Basis fußend, durch die heimathli= chen Stoffe und Laute sich das Volk zum Freund gewannen und, wie die steigende Theilnahme für diese Poesieen an den Tag legt, im Volke selbst die Freude an seiner eigenen Erscheinung wieder er= weckten und belebten. Hier ist ein Weg, auf dem man weiter gehen muß. Wem das Talent gegeben ist, die großen Schwierigkeiten, die fast jeder Dia= lekt der poetischen Behandlung entgegensetzt, zu überwinden, der sollte sich in die Reihe dieser Volksdichter stellen und „mit dem Herzen im Volk, aber mit dem Kopf darüber" wirken. Man gebe dem Volke Bilder und Lieder aus seinem Kreise, aus seinem Leben in allen Schattirungen, vom Erhabensten bis zu den harmlosen Lächerlich= keiten des Alltags, man gebe ihm ächtpoetische Bil= der seiner eigenthümlichen Volksfeste, Sitten und Gebräuche, historische Lieblingserinnerungen, Sagen und Mährchen, Neckereien und Volkswitze, aber man vergesse Eines nicht: daß es kein entsetzliche= res Gift für's Volk gibt, als leichtsinnige und un= moralische Poesieen. Es ist schon sehr zu beklagen, daß einzelne Dichter der Gegenwart von achtungs=

werther politischer Gesinnung in possenreißerischen, gemein witzelnden Reimereien die wichtigsten Interessen des Volks abthun; wie müssen aber erst auf gewisse Haufen Volks die neuesten Weisen von dem pariser H. Heine wirken, dessen beklagenswerthe Muse dießmal völlig zum Schwein geworden ist! — Gemäß der Pflicht jedes Volksschriftstellers strebe vor Allem der Volksdichter darnach, daß neben der frischen Naturkraft, dem Gefühl ächter Volkswürde, männlichem Freiheitssinn, innerer Rüstigkeit und Fröhlichkeit, mit ernster Sorgfalt Achtung vor Sitte und Religion, ächte Volkstreue und Vaterlandsliebe gesäet, genährt und gepflegt werde. Nur die Frucht von solcher Saat gewährt dem Dichter den Lohn, den Niemand als er selbst sich genügend reichen kann.

Mit diesen einleitenden Worten führen wir dem Publikum einen neuen Dichter in der Volksmundart vor, und zwar in dem durch gelehrte und poetische Werke schon längst allgemein bekannten henneberger Dialekt. Einzelne Gedichte in dieser Mundart findet man schon in dem „Herzogl. Coburg-Meiningischen gemeinnützigen Taschenbuch" vom Jahr 1804 an; in suhler Mundart ist die lustige Schnurre von S. D. Klett: „Gaul böck dich oder das Flügelpferd" geschrieben. Eine Sammlung der vereinzelten hennebergischen Sprachschätze brachte zuerst W. F. H. Reinwald's „Hennebergisches Idiotikon", Berlin und Stettin 1793, Nachtrag 1801, welches sich von der Hand des Herrn Professors Brückner in Meiningen gegenwärtig einer sorgfältigen Umarbeitung zu erfreuen hat; das obengenannte Programm der Realschule (von

1843) enthält bereits eine vortreffliche Probe der unter den Buchstaben H gehörenden Idiotismen. In der jüngsten Zeit lieferte Kaspar Reumann Gedichte im wasunger Dialekt; Lieder im meininger Dialekt von L. Schneider brachte das „Volksblatt" von 1842 f. und der „Weihnachtsbaum für arme Kinder." Diesen reiht sich nun Heinrich Mylius an mit Gedichten in der Mundart der Bewohner von Themar.

Die Grenze eines Dialekts zu bestimmen, wird noch lange eine schwere Aufgabe seyn, und dieß um so mehr, wenn der zu begrenzende Dialekt so nahverwandte Nachbarn hat, wie der henneberger im Süden und Südosten an den nordfränkischen Mundarten. Daher bis jetzt so verschiedene Annahmen; denn während der alte Reinwald alles Land, welches einst den Grafen von Henneberg, wenn auch nur auf kurze Zeit, gehört hatte, zum henneberger Sprachgebiet rechnet, umfaßt nach Brückner „das Gebiet, welches als Basis eines hennebergischen Idiotikons genommen werden muß, die gesammte Werragegend oberhalb Breitungen, die Gegend der obern Felda, obern Saale (Streu, Bahra, Milz), obern Rodach und Itz." Nach Storch aber wird der henneberger Dialekt im Thale der Werra von Meiningen bis Kreuzburg, ja bis Allendorf in Hessen gesprochen und hat sich auch in Seitenthälern angesiedelt, wie in dem der Schmalkalde, der Felda u. s. w. Eine bestimmte Entscheidung über diese Grenzdifferenzen läßt sich jetzt noch so wenig geben, als der Leser hier eine Grammatik des hennebergischen Dialekts erwarten wird. Wir müssen ihn in dieser Hinsicht für den

Augenblick auf Storch's „Bemerkungen" zu Neumann's Gedichten und auf die Abhandlung von Brückner verweisen und einstweilen auf Brückner's Idiotikon vertrösten. Die für den Nicht=Themaraner zum Verständniß der Gedichte nöthigen Worterklärungen findet der Leser am Schluß dieses Büchleins.

Auch ein Urtheil über die Gedichte von Heinrich Mylius gebe ich hier nicht; aber den Wunsch muß ich äußern, recht laut äußern, daß in vielen Städten und Ortschaften unseres Vaterlandes sich bald recht viele Talente hervorthun möchten, die, mit gleichem Geschick den Dialekt beherrschend und mit gleicher Liebe den besten Mustern nacheifernd, wie Mylius, beitrügen zu dem großen Gesammtbild der Nation, das erst klar und rein hervortreten kann, wenn alle einzelnen Theile hell beleuchtet sind. Jedes Thal und jede Stadt muß es mit Freude erfüllen, wenn in ihrer Mitte ein Talent gedeiht, das alle edlen, guten, heiteren und harmlos komischen Seiten ihres Lebens, Sinnens und Treibens ihnen, den Nachbarn, wie den fernsten Volksgenossen in treuen Bildern vor die Augen und Herzen bringen kann, und es ist wohl nicht zu viel gesagt, wenn ich meine: Schande über die Stadt, die ihren Dichter nicht ehrt!

Hildburghausen, im Mai 1845.

Friedrich Hofmann.

Parabel.

A Schuster on a Schneider
Die kame aus dr Lehr,
Doe schnürte sie ühr'n Böndel
Zou Wannern kreuz on quer.

Sie sohe schue voh Weite
A freundlich Dörfle lieg. —
„Dort möss' mer," sprooch der Schneider,
„Gleich a Geschenkle krieg!"—

O weh! du ärmer Schneider!
Du klopfst vergabes oh!
En Dörfle is a Schuster
Die allerhöchst Persoh.

Dröm moßt denn ach der Schneider
Mit leere Hände fort,
On zu sein größte Jammer
Blieb goer der Schuster dort.

Der Meſter en dan Dörfle
Hat g'rod der Aerbet vell,
Dröm woer er's gleich zefriede
On hielt ſich an Geſell.

Es woer a brover Meſter,
Der ner bos racht is thut;
On der Geſell woer g'rod ſo,
Dröm hatt' er's ah racht gut.

Doch onner ärmer Schneider
Moßt nue allee merſcheer,
On bu er hie koem hatt'r
Halt überol Malöhr.

Es brocht'n kaum des Fechte
Oh'n Took ner ſo vill ei,
Daß er ze Nocht en Werthshaus
Konnt über Nocht geblei.

Doebei plogt ihn der Honger,
Er grämt ſich or'ndlich dröm
On wannert en ſein Elend
Bis heut noch drauße röm.

Du frägſt: „ber is der Schuſter?
Ber ſöll der Schneider ſey?" —
Guck! onter mein Gedichtlen
Senn alle zwee derbei:

Die gute ſenn die Schuſter,
Die Schneider töhge nis;
Dröm wellt ich, daß mer alle
Mei Liedle Schuſter hieß.

Gett hie, ihr àrme Lieble!
Ich scheck euch en die Fremb,
Daß mer voh euch die Schuster
On Schneider kenne lernt.

Kömmt àhns zu Dir gegange,
On is so gut bie Du,
Dos is gewißt a Schuster
On send bei Dir die Ruh.

Doch kömmt zu Dir a fremmes,
Bos Dir goer net gefällt,
Dos jàgst De, bie an Schneider,
Gleich hongrig en die Welt.

On komme sie mir speàter
Aus ihrer Fremd just hemm,
Noch seàh ichs gleich, ob manche
Dervo vill dörrer senn.

Die decke nahm ich alle
Gern widder en mei Haus,
On ner die dörre Schneider
Jòh ich gleich widder naus. —

Die geschlogne Frah.

———

'Sis net hübsch, benn a jonger Moh
So gerstig zänkisch is,
As bie sell klenner Zimmermoh, —
Ich wes net bie er hieß.

So lang als der derhemm moßt blei,
Wur ömmerfort gezankt,
On redt' mer ner a Wörtle nei,
Ze kriegt mer äh gelangt.

Nue noehm er endlich goer a Frah,
Doemit's en Duett ging;
Die moßt ühr'n Kaas doch ah drei gah,
Benn d's Zanke früh ohging.

Die Frah hot's ober ball gereut,
Denn wollt se öppes söh,
Ze hott'r se bie net gescheit
Gleich off ühr Maul geschlöh.

Doe docht die Frah: bos brauchst du's denn?
Du söst die Schläh doe hall?
— Meintwege zank Du noch so schwen,
Ich koh mei Maul gehall!

Sie redt' nue net a Wörtle nei,
Ha mugt zank obder lärm.
Doe sprooch er: „du wißt stelle sey?
Ich will der d's Rede lern!"

Doefür, daß sie ühr Maul nue hill,
On ließ ühr'n Moh gewähr,
Kriegt se doch ach gerod so vill
Maulschelle bie vürher.

— Die Frah moßt werlich mord vill leid!
Sie mugt net mieh gelach,
On frägt: „Sött ihr mir doch, ihr Leut!
Vos söll ich denn nue mach?"

Der Pachter on der Pferr.

Es woer amoel a Pachter,
Der ritt goer oft spaßier
On mocht sich so en Sommer
Des allerschünst Pleßier.

Dos hot d'n Pferr geärgert,
Daß er so zu moßt seäh,
Wenn seller just spaßier ritt
On er zu Fuß moßt geäh.

Dröm hot'r voh der Kanzel
Goer gerstig scandelirt,
So deutlich, daß der Pachter
Ach ageblecks droh hürt.

Der Pachter docht: du Pfäffle!
Du kömmst mir schue amoel,
Noch söst de dich verwonner,
Bie ich dich will bezohl! —

On en derselbe Woche
Reit er en Fehld ömher,
Doe kömmt denn ach des Pfäffle
Ze Fuß d'n Waak dort her.

Der Pachter spornt sei Gäule,
So daß Kallopp eisetzt,
On bei're Pfötsche hot'r
D'n Pferr ganz vol gesprötzt.

Doe sött der Pferr: „Er Bengel!
Er ist der Menschheet Pest!
Oh'n Körper is en besser
Als oh der Seel gemäst!" —

„Ja freilich!" sött der Pachter,
„Dos is mir goer ke Hehl!
Für'n Körper sorg ich selber
On Ihr sorgt für mei Seel!" —

Dos welle Denk
en Werthshaus ze Angelrode.
A Mährle.

„Benns elf geschlöh hot heut ze Nocht,
Noch schenk ich nis mieh ei!
Noch nahmt euch Alle wohl en Ocht,
Süst kömmt mei Polizei!" —
So sprooch der Werth en Angelrode
Zu jeden Gost noch seiner Mode.
Er hatt' sein gute Grond derzu;
Denn speäter ließ än nimme ruh.

Sei Werthshaus woer schue lang verschreit,
As wärs net richtig denn,
On ber denn schlief, dan hot's gereut,
Dort schikenirts än schwen.
A Dunner-Labe, as benn werlich
Der Teufel köem, so gings gefährlich
Ze Metternocht en Haus ömher
On schüttelt än voh ohgefähr.

Wollt just der Werth noch Bier eischenk,
On elf Uhr woer verbei,
Ze koem ach flugs a gerstig Denk
Zur Köche-Thür gleich ret.
Dos Denk, dos glotzt än oh goer greulich,
On mocht an Spuk, das woer obscheulich,
Sprong off d'n Tisch on guckt ömher
On soff gleich alle Gläser leer.

Sei Zonge woer ganz feuerrueth,
Sei Aage kreideweis;
On ageblecklich wär' mer tuedt,
Söllt's än en Fenger beis.
Es hatt' an mächtig gruße Nache,
An Schwanz, geformt bie süst bie Drache;
Sei Zäh kount mer als Keil gebrauch,
On schuppig wors oh'n gaaze Bauch.

Dos gerstig Denk hot lange Zeit
D'n Werth vill Sorg gemocht:
„Mei Voter hatt' vill Gäst! — zont bleit
Ke Mensch mieh über Nocht!
Mei Einoehm werd strichaus gerenger"
— So sprooch er — „ich koh Frah on Kenner,
Söllt's bei mir net ball annersch wär',
Fost nimme voh'n Verdienst bernähr."

Doc kehrt amoel, bie's Nocht woll wär',
A Fuhrmoh bei ihn ei,
On frägt: „Koh ich mit siebe Pfehr
Doc über Nocht geblei?"
„Seid ihr mir ah racht schüe willkomme!
Ihr seyd bei mir gut aufgenomme;
Frah! mach' Dei Esse gleich zeracht,
On ruff die Möhd bei on d'n Knacht!" —

Die Werthe schürt gleich Feuer oh,
Setzt Sauerbroete bei
On gißt a besle Essig noh
On thut a Zwibbel nei,
Schleät Eier aus, on holt en Gärte
Rebenzeleszelot, on härte
Bamberger Rettig schneid se kloer
On macht Zelot, der kräftig woer.

Mit Bier on Schnaps kömmt nue der Werth
On brengt's d'n Fuhrmoh zu:

„Proſt, Alter! — bu geſuhrwerkt wörb,
Doe hot mer net vill Ruh!“ —
„Ja ja! — proſt Werth! — ich hob'r Siebe
Schue weit on breet ömher getriebe;
Manch Uglöck is mir ſchue paſſirt,
Doch — Siebe wer'n ſtrichaus geführt.“

„Die Siebe is ke gute Zohl,
Hot Uglöck ſchue gebrocht.“ —
„Bei mir is juſt a gute Zohl,
Mei Peitſche is der Ocht?!
So lang die Ocht noch bei mer bleibe,
Trau ich mer, Teufel auszetreibe.
Sie thun doezu ihr Kroft ſchue her
Mei Peitſche on mei ſiebe Pfehr.“ —

Och, hätt' ich doch ner dos Geſpann,
Ich göb bie vill derfür! —
Dos gerſtig Denk ſöllt nimme lang
Mei Werthshaus ſchickenier. —
So docht der Werth. — On onterdeſſe
Brocht ſchue ſei Frah des Obedeſſe.
Der hongrig Fuhrmoh ſetzt ſich bei
On trenkt zum Broete Brandewei.

Es koeme noch zwee fremme Leut
On bliebe über Nocht;
Dröm wur' denn ach bei guter Zeit
A tücht'ge Ströh gemacht.
Ke Menſch hatt' ober Luſt ze ſchloffe,
Sie ſoße Alle feſt on ſoffe;
Es guckt net Aehner off die Uhr,
Sie ſoffe fort, d'n Werth zer Schur.

Doe koem, es hatt' kaum elf geſchlöh,
Dos Denk zur Köche rei.
Der Werth hot's widder naus well jöh,
Allee es höpft verbei,

On setzt sich off b'n Tisch, doe spronge
Die Leut gleich en a Ecke zomme.
Goer greulich glotzt dos Denk ömher
On soff die Gläser alle leer.

Der Fuhrmoh ober woer net faul,
Ha packt sei Peitsche oh
On häbt dos Denk, as bie an Gaul,
Doe lief's ach gleich dervoh,
On reterirt sich en a Ecke —
Doe häbt'rs ober zum verrecke;
Es gob beinohe sein Geist schue auf —
Der Fuhrmoh häbt halt ömmer drauf.

So hot'rs aus der Ecke raus
On über'n Hof geschächt,
Bis nei en Pfehrstohl; nue woer's aus;
Denn es woer ganz zerlächt.
Doe hot'rn goer b'n Rest gegabe,
On aus woers mit sein besle Labe.
Zu Staab on Oesche troetes goer
Die siebe Pfehr noch korz on kloer.

So hot der Moh dos Denk vernicht,
Bos än die Ruh net gönnt;
On doefür, daß än nis ohsicht,
Hot er noch mieh gekönnt.
Dos hot b'n Werth mord-wohl gefalle,
On ich versecher Euch zont Alle:
Ich hob ke Wörtle droh verhehlt, —
Mir hot's a Bauersmoh derzählt. —

———

Jörg on Mechel.

„Horch, Mechel, ich hob nachte früh
Die gnädig Frah gesenn!
Die is dir ober werlich schüe! —
Wär' meine so derhemm! —
Och! die hot Aage! ich söh Dir,
Köhl schworz! mer fört sich fost derfür!
On, bos des schünst! die Frah hot Zäh,
Die senn so weiß, bie Elfebäh!
Sie muß a eege Mettel hoh,
Dröm nutze sich ühr Zäh net oh!" —

„Ich koh dir gleich, verstest de, Jörg,
Doerüh Aufschluß gegah:
Ke Mädle schuent ühr Zäh so erg,
Aß bie die gnädig Frah.
Sie thut se alle Nocht ganz leis
En's Schächtele, dröm senn se weiß." —

Mei Gärtle.

Ich hob a racht schue Gärtle,
Doe senn vill Beetle denn,
On off dan Beetlen koh mer
Der Blümle vill gesenn.

Dos Gärtle is net größer
As bie a enzig Beet,
On doch hot's mord vill Beeter,
Mer glebt's beinoeh goer net.

Die Blümle pflanz ich selber;
On wächst jo Uhkraut auf,
Ze ropf ich's raus on pflanz mer
Gleich schünne Blümle drauf.

Es werd net en mein Gärtle
Gegrobe on gehackt;
Die einzig Aerbet macht mer
Das Uhkraut, ehr sich's packt.

On off die Beetle brauch ich
Ach net a besle Mist;
Die senn doemit zefriede,
Daß sie der Gärtner gißt. —

Mei Gärtle is das Büchle,
Bu mei Gedichtle stenn.
Die Beetle senn die Blätter,
Die en d'n Büchle senn.

On off dan Beetlen koh mer
Der Blümle vill gesenn: —
Die Blümle senn die Liedle,
Die en mein Büchle stenn.

Ich selber bin der Gärtner,
On pflanz' die Blümle auf;
Dröm schreib ich alle Morge
A neu Gedichtle auf.

Ohweising.

Ner korze Zeit wåhrt onner schofel Labe!
On kömmt der Tuedt ens Haus, foll mer sich denn
    boe fort
On denk, mer wür' d'n Teufel gleich gegabe?
Nei en die gerstig Höll, bu Paach gefode werd?
Bu Schwafel fließt on zur Stecknoedelsbrüh
Mer eis're Hütz muß freß? — Ja prost! ich geåh
    net hie!
Weßt Du denn net, Herr Pfehrfuß, bos für Mensche
Für dei Kost passend senn? — ich will Dir's hemlich
    söh:
Scheck Du Hans Morsch mit feiner gruße Sense
Noch Odvokote aus, die könne se vertröh.
A Odvokote-Herz, bos is gerod so hårt,
As bie a eis'rer Hütz, der ohgefode werd.
Die Longe on der Moog senn durchaus löcherig,
Dröm gitt Stecknoedelsbrüh ken Odvokot an Stich. —
Guck, Pfehrfuß, dos senn Leut, die passe für dei
    Esse!
Hol Du se alle fort, mer wer'n se gern vergesse! —

Bröm der Kösper a Schulmeister werd.

„Geäh, Kösper! spann die Stierle oh,
On lod d'n Sueme auf!
Die Ehde hängst de henne noh
On fährst d'n Gahberk*) nauf;
Mer möße heut, söll's halbeg geäh,
Die Gahberk-Aecker all beseäh.“

D'n Kösper woer's ach goer net racht,
Bie dos sei Alter sött;
Die Aerbet woer ühn vill ze schlacht,
On fröt'n emoel net.
Ha konnt gerecher on geschreib,
On mußt die Stierle net getreib.

Der Kösper woer voh Juged auf
A mort gescheiter Jong.
A jede Schrift setzt er gleich auf,
Weil's ühn mit Spaß gelong.
Er hot jo goer — 's laut lügerlich! —
Klavier gelernt, ner so für sich.

Früh kriegt'r gleich sei Bücher her
On lernt mord fleißig denn.
Daß er a Bauersmoh söllt' wer',
Woer goer net noch sein Senn.
Doch woer der Alt a hetzger Moh,
Dröm spannt'r halt die Stierle oh.

---

*) Gahberk — die Gehbe, ein Berg bei Meiningen.

Er fuhrwerkt sochte auf're hie,
Macht „Hot! on Wähst" derbei.
Sei Alter fröt sich schwenn doerüh,
Gett sochte henne drei.
On bie se ohbe senn mit'nand,
Hot gleich der Kösper ausgespannt.

Doch hatt'r kaum die Stierle roh,
Ze lief gleich hennerschich
Sei Woog d'n Gahberk widder noh
Als well'r ohnig flieg.
Der Woog lief über Stock oh Stee,
Doe fuhr die Deistel ach entzwee.

Nue schrie der Alt: „öm Gottes Well! —
Bos soll doe draus noch wär! —
Verfluchter Jong! du schobst mer vill!
Dort fliegt der Suem ömher! —
Du bist a rachter büeser Jong! —
Du söst an Herrn krieg! wärt Du ner!
Zum Bauer bist De vill ze domm,
Du söst mer a Schulmester wär!" —

Jörg on Hans.

„Gutte Morge, Hans! bos machst De denn?
  Bie gett's mit Deiner Frah?"

„„Ich dank Der, Jörg! es fröt mich schwen!
  Ball koh's Kend-Teff gegah.""

„So? ist Dei Frah ernt nieder komme?
  Bos hot se denn? — gewißt an Jonge!"

„„Süst richst De ömmer gleich d'n Broete,
  Zont host des ober net derroethe.""

„Ja ja! nue koh ich mir's derklär:
  An Jonge net? — a Mädle ner?"

„„A luder Kerle bist De, Jörg!
  Dir hot's gewißt mei Alt verroethe;
  Denn dei Verstahnd is net so erg,
  Du häßt's meladig net derroethe!""—

Och hätt' ich net g'freit!

Es git ah racht unötz, domm Zeug off der Welt;
Gewöhnlich is Närrhet derbei;
So toll ober, bie sich's en Ehestand oft stellt,
So toll koh's goer nergends gesey!
Ich will's euch beschreib, bos der Ehestand bedeut',
On gleb, daß melabig von euch Kehner freit.

Zur Hochzig macht ömmer die Närrheet a Kreuz,
Süst könnt's jo ke Hochzig gegah;
Denn koh sich ach Aehner allee kaum geschneuz,
Ze nimmt'r halt doch schue a Frah.
Goer ball hürt mer's ober, ha jommert on schreit:
„Mich reut's! on ich well ich hätt noch net gefreit!“

Off Reiche hom ömmer die Mehrste Bibuz;
Die Fröd dauert ober net lank.
Des Gehld is der Frah, on der Moh dörf net uz,
On allwell git's Hoder on Zank.
Die Frah röckt ke Gehld raus, on bos d'n Moh bleit,
Is enzig dos Wörtle: „Och hätt' ich net g'freit!“

A Ann'rer frägt g'rod net d'n Gehld wege oh,
Doch hüsch, bie a Beld söll se sey.
Dos ober is g'rod erst a betrogener Moh,
On koh's a melabig geblei.
Die Schüeheet vergett jo voh Nachte off Heut,
Ze spedt kömmt dos Wörtle: och hätt' ich net g'freit!“

3

A Dretter sprecht: „So föll's bei mir juſt net ſey!
Ich weeß bu der Fahler oft ſteckt;
A Fromme nahm ich mir, die bleit ah huſch treu!"—
On der hot ſich ah racht verſchneckt.
Weil heut ze Took ah net a Enz'ge treu bleit,
Ze is net am Beſte, as benn Kehner freit.

Die Gruße ſen ömmer verſchloffe on faul,
On brauche zum Kleed a Ehl nieh.
Die Klenne ſen Putznärrn, on hom a lues Maul,
On zerreiße gewaltig vill Schüh.
Bo dere Ohrt gleb ich, daß juſt mit der Zeit
So wohr bie ich boe ſetz von Euch Kehner freit.

Zont fällt mer doch brühhees die ſchünſt Ohrt noch ei,
Die is goer net uracht für'n Moh;
Benn's net gett, bie ſie will, ze läfft obedrei
Das bües Stöck ach alsbald dervoh.
Der Moh wär a Närr, ben er jommert on ſchreit,
Ha thut zont gerod ſo, as hätt'r net g'freit.

Dröm Brüder gett en Euch, on nahmt mei Lehr oh!
Derwärt mit b'n Freye die Zeit!
Ze ball is, werd Aehner en Ahlter a Moh,
Ze ball is, benn Aehner jonk freyt.
Freyt lieber goer net, daß Euch's ſpeäter net reut,
Doemit Kehner ſeng muß: „och hätt' ich net g'freit!"

Die Trommelhaube.

Nach Schillers Handschuh.

Dort henne, hennern Gärte,
Uehr'n Mechel ze derwärte
      Soß Annelies.
On öm se röm Jonge, die bließe
Harmonica off der Wiese
Goer prächtig, bos ner schue hieß.

On Annelies deut mit'n Fenger,
Doe kömmt och alsbald der Hänner
On steckt gleich sei Harmonica ei
      On bläßt net nei.
Stett stomm bie a Fiesch
Bei der Lies.
Ha gahnt noch länger,
On schneuzt sich mit'n Fenger,
Greuft en die Tösche,
Die Händ ze wösche.

On die Lies deut schue widder!
Doe sprengt en grußer Fröd
Der Kösper hie. —
Hot gesöt
Ganz en Vertraue
Zur Lies: „du röckst nüh!"
Bie der d'n Hänner gesenn,
Bläßt'r schwenn;
Git'n an Stuf
On mit'n Fuß an Knuf,

On macht'n a Fletschmaul.
Gett en volle Grömm
Dem d'n Hänner röm,
Grimmig, protzig,
On setzt sich mort trotzig
Bei der Lies nieder.

On die Lies deut schue widder!
Doe sprenge zwec Jonge en Saus on Braus
Off die Lies zu aus ühr'n Krees gleich raus.
Die bloeße goer prächtig, goer schue on nett,
Ner der Lies zur Fröd.
Doe packt se der Kösper on wörft se nieder;
On der Hänner werd well,
Trett off die Bank, doe werd's stell.
On rengsröm en Krees,
Für Aerger heeß,
Köchern sich die Jonge gleich nieder.

Doe schmeißt die Lies zum Schei
Ihr Trommel en Ziehbrönn nei.
Dort, bu des Loch doch ganz gewiß
Am tiefste is.
On zum Mechel, der ömmer ihr Bräut'göm woer,
Sött zont die Lies en volle Spot:
„Nue Mechel! is zont dei Lieb so roer?
On host gesöt, du wärst mer gut?
Zont thust de gleich mei Trommel raus!" —
On bos macht sich der Mechel draus?
Bot euch nei, daß mer denkt ha mößt werlich
Des Tuedes gleich sey!
On aus d'n Loch nimmt'r frank on frei
Mit Spaß die Trommel! — 'sis uerklärlich! —
Ober mit Schauder on mit Schrecke
Sprenge die Jonge gleich en a Ecke.
On der Mechel brengt zont die Trommel zeröck,
Doe hürt mer sei Lob voh jeden Jonge.
Die Lies guckt'n oh mit verliebte Blick,
Denkt, ha bröcht ühr'n Mechel Glöck,

Brengt kaum a Wörtle voh der Zonge.
On ha wörft'r die Trommel en's Gesicht,
Die Lies hätt' der Tuebt ball ohgesicht!
On der Mechel is nimmer zu ihr gegange. —

Mei Nochber Prohlhans.

S'is goer nis mieh off dere Welt! —
Mer stell sich bie mer will,
Ze fahlt's än ömmerfort oh Gehld,
On Scholl hot mer ze vill.
Dröm weeß ich net, b'röm manche Leut
So grueß thun. — Stelle sich gescheit,
On benn mer se bei Licht betrocht,
Ze senn se dömmer als die Nocht.

Mei Nochber, dos is so a Moh,
Der prohlt ach öppes gern;
On söllt'r ke drei Batze hoh,
Ze spilt'rn gruße Herrn.
Ha thut, als well'r än verschleng,
On sprecht: Dir reiß ich Dei Gelöng
Gleich aus d'n Bauch! Dir will ich's weiß!
Ich will dir's öm Dei Maul röm schmeiß!" —

Doe heuer hot'r mer derzählt
Bie er's gewöhnlich macht:

„ Mei Lense laß ich off d'n Fehld,
Die senn mir vill ze schlacht!
Voh Erbes müg ich nis geweß,
Die könne all mei Säu gefreß.
A besle Weß baut mer so mit,
Neuhonnert Fuder glecke net.

Die Säu senn ner so Nabetsach;
Mei Frah besorgt's allee;
Die muß ach ömmer hemlich lach,
Benn ich's'r nue so söh,
Daß en d'n ganze Land ömher
Ihr Schweinefleesch des Best mit wär'.
En Meninge die größte Herrn,
Senn alle frueh, on fresses gern.

En letzte Herbst hatt' ich gerod
Zahhonnert Fuder Korn!
Dos woer für mich a klenner Schod',
Weil's Neunzig wen'ger wor'n
As bie für'n Iohr. — Doch, ich söll klöh?
Dos schmeißt mir noch ke Bee entzwee.
Ich hob alt Korn die schwere Meng
On koh des neu net ont gebreng.

Des Gehld koh mir voh'n Hals geblei;
Dos is mer ze gereng;
Mei Frah nimmt's honnertweis oft ei,
Doe guck ich net dröm nöm;
So fuchzig Gölle is a Draak,
Die stuff ich mit'n Fuß net wak. —
Die Steuer off des Fehld on d's Haus
Bezohl ich off zah Iahr füraus.

Für'n Iohr wollt ich mit meiner Frah
A besle über Fehld.
Ich woßt, daß dort gut Bier soll gah
On sött: Frah! nahm der Gehld!

Mer trenke Bier on Brantewei! —
— Sie steckt dreihonnert Gölle ei,
On mehnt: „ich koh's mit ohgeseäh,
Koh off die Kermeß mit gegeäh." —

En Werthshaus wor's gewaltig vol,
Doch lauter Lompe Zeug;
Die könne all' ke Katz bezohl,
On möße mir ausweich.
Doe woer so a nisnötzger Klank,
Der woll mit mir an Street ohfang.
So schlachte Kröte koeme her,
On stellte sich ach noch zur Wehr!

Doch, bie mei Kropf nue ach vol woer,
Ze stieg ich sochte auf,
Kriegt än öm an're bei die Hoer
On rafft s'n alle raus.
Mei Frah! net faul! sie schlug die Kröpf
Mit'n Böndel Gehld gleich off die Köpf.
Doe gob's a zeter Mord=Geschrei,
Der Scholz weeß, ha woer ach derbei.

So lompe Jonge wonn mich doe
Ach noch encommedir?
Es freße se die Läus beinohe!
Sie bateln für der Thür!
Die kriege noch die schwere Noeth!
Mit Gehld schmeiß ich se alle tuedt!
Ja, Brüderle! lern mich erst kenn!
Du kohst ken weiter so gefenn!" — —

— Och Brüderle! dich kennt die Welt!
Du bist goer net weit her!
Du host jo Lüge schue derzählt,
Die schleppt weß Gott ke Bär!

Well mer bei Lüge all aufschreib,
Mer könnt's Papier net aufgetreib!
Du bist a gerst'ger, grußer Probler!
A rachter gerst'ger Netbezohler!

Oh die M........

Ich hob die schünne Mädle
Goer ugeheuer gern!
Mei Herz gett bie a Rädle,
Höpft bie a Weideblätle,
Seäh ich a Mädle en der Fern.

Es gitt ach schünne Weiber, —
Die hob ich net so gern!
Dos senn so Zeitvertreiber,
So rachte Utreubleiber,
Die halle än strichaus für'n Närrn.

Der Mädle gitt's a Masse
Off onn'rer weite Welt!
Doch, wür' mir Aeh gelasse,
Ich wür' ke mich obfasse —
Hätt' ich ner die, die mir gefällt. —

Sie hot so schünne Löckle,
Is wonnerschüe gebaut!
Gewasse bie a Döckle,
Leichtfertig bie a Schnöckle,
A jeder hätt' se gern zur Braut!

Ich hob se erst boe heuer
Erpresse noch besücht;
Doe woer ihr nis ze theuer,
Ich hob, als bie ihr Freyer
Kaffee on Weck voh ihr gekriegt.

„Für Dich laß ich mei Labe!
Für Dich gab ich mei Blut!
Dir is mei Herz ergabe,
Ke Ann're stett dernabe,
Dir bin ich goer gewaltig gut!"—

Perobel.

En Frühjohr blüht bei Sonneschei
A Uesterglöckle auf,
Dos hob sei Köpfle frank on frei
Zur liebe Sonn gleich auf,
On sött: „Och Sonn! bie wonnerschüe
Werd durch Dei Wärm zont alles grüe!

Die ann're Blümle komme all
So noch a nanner raus;
Och Gott! ich ober sterb ze ball!
Mich hält a jedes aus!
Benn ich doch ner a Rüesle wär'! —
Dos blüht hüsch auf — ich sterb' derfür!"—

Doe blüht bei'n Glöckle en der Neäh
A Ruesestöckle auf.
Dos woll für Fröd ner so vergeäh,
Platzt all sei Knösple auf.
Es blüht jo en der schünste Zeit
On werd voh Alt on Jong beneid'.

Dos Rüesle sött: „Du liebe Sonn!
Du machst än zu vill Fröd!
Och, ober die poer schünne Stonn
Hot gleich der Wend verjöht!
Kaum guck ich aufgeblüht ömher,
Ze wer' ich wibber welk on dörr!

Benn ich die ann're Blümle seäh,
Ze werd mer's wennerlich.
Es thut mer en mein Herz denn weäh,
Kehns welkt so ball bie ich!
Benn ich doch ner a Aster wär',
Die blüht hüsch auf—ich sterb derfür!"—

Die Aster hürt des Rüesle red,
On sprooch: „Du Uverstand!
Du kennst mei elend Labe net,
Mir gett's erst racht meschand!
Mich friert's en Herbst goer förchterlich,
Du ober wärmst en Sommer dich.

On well ich ach en Sommer blüh,
Ze leid's die lieb Sonn net;

En Herbst söll ich mei Kleed ohzieh,
Benn euer Procht vergett.
Dröm well ich, ich wär Wentergrüe,
Noch blüht ich ömmerfort racht schüe!"

———

Ihr gute Blümle! — denkt ihr denn
Ihr könnt allee geflöh? —
Gett her! on laßt euch zont voh mir
Ach erst a Wörtle söh!
Mir gett's vill schlimmer noch als euch,
On dos beweis ich euch zont gleich:

Bie ich noch en die Schul moßt geäh,
Doe docht ich so bei mir,
Och, wärst de noch amoel so grueß,
Du göbst Dei Schul derfür.
Doch bie die Schulzeit voh mer schied,
Woer d's Uesterglöckle mit verblüht.

Es woer beinohe a schünn're Zeit,
Die zont für mich ohfing;
Goer zu vill Fröd hatt' ich derlabt,
Ehr ich off's Freye ging.
Doch lief die Zeit so ein're hie,
On d's Rüesle woll beinohe verblüh'.

Doe docht ich so allee bei mir:
„Bos fängst de ner noch oh? —
Am beste is, du sorgst derfür,
On werst nue ball a Moh!"
—Ich freyt! — on gleb, daß ganz gewiß
Die After fix o fertig is. —

Ze labe hob ich nimmer lang,
Mei Hoer senn schue tiz groe;

Dröm well ich, ich blieb ömmerfort
Bie Wentergrüe hüsch doe. —
Doch göb ich alles gern derfür,
Wößt ich ner, ob ich seälig wür. —

Resignatio.

En Schleusinge is ganz bekannt
Ich wär gebor'n en Lense = Land!
Die Preuse dünke sich vill besser,
Sie spreche: „Them're Lensefresser!"

Bie söll ich mir denn dos derklär? —
Ich gleb, es kömmt voh Ahlters her. —
„Ber Lense eßt," so sött mei Heärle —
„Der kriegt vill Gehld, dos is ke Mährle."—

Dröm hom die them're Leut strichaus
A Kochmoel Lense en ihr'n Haus;
On racht wär's net, wür en der Woche
Die Frah net ehmoel Lense koche.

Die Lense senn mer lieb on werth!
Doch hot sich dos noch net bewährt,
Bos ich gehürt hob voh mein Heärle; —
Ich gleb, es is halt doch a Mährle. —

Doe hom se nue ihr'n Spot so droh,
On schwatze überol dervoh.
Sie thun, als hätte sie ke Schärte,
On denke net oh die Spaakschwärte.

En Themer eßt mer sich hüsch sot,
On benn mer ah ner Lense hot;
Benn onner Mäuler ah net glänze,
Mer hom doch Spaak en onner Lense.

En Schleusinge gett's annerscht her;
Die kriege die Spaakschwärte für
On schmier'n ihr Mäuler noch d'n Esse, —
Mer denkt sie hätte fett gegesse.

Doe lob ich mir die Rüemelder! —
Die Büttner sorge dort derfür,
Daß ömmer Reff en Brönnkost hange, —
Die wer'n mit'nand für Dal gefange. —

— Eßt ihr die Dal, ihr Rüemelder! —
Schmiert ihr des Maul, ihr Schleusinger!
Mir schmeckt die them're Kost vill besser;
Heßt ihr mich gleich an Lensefresser. —

Die sechs Bate=Uhr.

————

A Bauer, der en Acker fuhr,
Der sött zu sich: „Häst Du a Uhr,
Noch wößt De gleich benns Mittog wär,
On ackerst nimme hie on her;
On Abeds köemst De hemm zum Esse,
On würst die racht Zeit net vergesse;
Dröm, benn mei Frah ach zankt on knefft,
A Uehrle werd doch noch gekefft!" —

Er ging nue gleich d'n Sonntig früh
Mit'n Stecke en die Stodt,
On frägt die Leut: „is hie ke Moh,
Der Töscheührle hot?"—
„Doc geäh er ner sell Gässle henner,
Dort rachter Hand, bei'n Brönn wohnt Aehner."—

Er send des Gässle, send d'n Brönn,
On sieht ach schue die Uehrle heng;
Dröm läfft'r nei en voller Horr,
Vergeßt sein „gutte Morge" goer:
„Ich woll mer doe a Uehrle keff,
Bos net so theuer kömmt!
Net grueß, so bie mer's ohgefähr
Mit naus en Acker nimmt."—

„Hier hängen Uhren mancherlei,
Und kleine sind wohl auch dabei;

Er kann sich unter diesen Allen
Nun eine wählen, nach Gefallen."

"Dos Klee doe wär mer abe racht;
Bos soll denn dos wohl gell?"

"Sechs Gulden, der genauste Preis."

"Ho ho! — dos is ze vill!
Doe thu' er ner a Klenn'res her!
Ich hatt so äns gemehnt,
So klee, daß mer so ohgefähr
Sechs Batze drauf verwendt."

"Von dieser Sorte, lieber Mann,
Hab ich kein einz'ges Stückchen mehr;
Es führt sie blos mein Nachbar Levi,
— Dort kommt er just die Straße her."

"Ze ruff'rn doch!" — "Pst! Nachbar Levi!
Auf ein paar wen'ge Worte nur!
Hier ist ein Bauersmann, der möchte
Gern euere Sechsbatzenuhr."—

"Jau! schicken sen ner her zau miehr,
Sie geiht ganz gout, ich steih derfiehr!"
Der Bauer läfft en voller Fröd
D'n Levi noch, der dos gesöt.
On, werklich! es woer weit on breet
Ke Uhr voh der Beschaffeheet:
Sie hatt' a zinnere Gehäus,
On ner a enzig Rod;
Mer konnt se oh die Wand geschmeiß,
Ob se an Zocker thot;
Doch hatt' der Levi pfeff'ger Weis'
Die Uhruh net mit raus laß reiß;
Dröm, benn mer oh ze schütteln fing,
Ze pimpelts denn, als ob se ging. —
Die Zeeger wor'n goer mesterhoft
Mit'n Pflöckle noh gesteckt,

Sie hiel die Stonn bei Tog oh Nocht,
Wenn mer die Zeeger röckt.

Der Bauer hatt' doch Mangels droh,
On frägt! „Söll dos denn Sölber sey?
Ich zworz versteäh net vill dervoh;
Allee es sieht bie pure Blei."—
„Ei, jau! daaß d's Silber nit verkritzt
Is außer her mit Zinn besetzt,
Un innewendig, seih er selber,
Is pures, reines, blankes Silber."—

„Jo jo! dos wär schue alles racht,
Sie gett jo ober net!"—
„Na, schaut! er hat's nit recht gemacht,
Da horch'r, wie se schlät!"—

Der Levi woßt mit ömzegehn,
Er dreäht se noch d'n Tackt hüsch röm
On hält f'n knapp ohn's Uhr on sprecht:
„Na, glaubt'r denn, die Uhr geiht schlecht?"
Nue woer der Bauer ganz zefriede
On zählt'n sei sechs Batze hie,
Zum Schrecke frägt'r noch d'n Jüde:
„Bie koh ich se denn aufgezieh?"—

— Ke Mensch müg wohl so pfeffig sey
En hanneln on betriege
As bie a Jüd; dan fahlt's derbei
En Labe net oh Lüge.
On doerenn woer der Levi Mester;
Er sött zum Bauer: „Jau, mein Bester,
Das is die allerneist Manier,
Die allerbest Erfinding schier!
Mit der Uhr is kei Mensch betroge,
Sie werd mit'n Zaiger aufgezoge.
D'n graußen Zaiger nimmt'r alle Stund
Un dreiht'n rum, versteiht'r? in der Rund,
Nauch wird deis Ihrle gout fort laufe;
An Schlissel braucht'r net derzu ze kaufe!"—

„Jo jo! sell is nue richtig wohr,
Dos Gehld koh ich doch gleich derspohr."—

   Wenn oh d'n grünne Dunnerstig
   Der Stuerch die Eier leet,
   Doe senn die Kenner außer sich
   On zittern fost für Fröd.

Vergnügter ober woer der Bauersmoh,
Mit Herzesfröd guckt er sei Uehrle oh.
Die Zeit werd ihn schue lang,
Er wárt schue ornblich drauf
On zieht's gleich noch'r Stonn
Gewissehoftig auf.
On morges früh, 'sis net derloge,
Hot'rs fönf, sechsmoel aufgezoge.
Ze ball ging's net; on blieb's zeröck,
Ze holf er sich ach ageblecklich;
Er zieht's geschwind a poermoel auf,
Doe ging's off die Minute nauf —
— O, Bauer bie bist Du so glöcklich!

Der fallirt Bauer.

Ich hob an ärme Bauersmoh
Bei Wöhsinge gekennt,
Der konnt sei Scholl net boor bezohl,
Dröm wur er ausgepfänd.

Sei Stuhl, sei Tisch, sei enzig Bank
Wur alles fortgeschleppt;
On ach sei Kuh. — Dos jommert ihn,
Denn sie hatt' erst geheckt.

Er sött: „Herr Amtmoh! dos is nis!
Dos koh net gut gethuh,
Daß mer d'n Leut'ne Alles nimmt! —
Sie lasse mir mei Kuh!"—

Der Amtmoh lacht d'n Bauer aus;
Doe wur er ober well:
„A Dunner-Watter schloe äch nei!
Mei Kuh woer mir net fehl!" — —

Er sücht nue en sein größte Zorn
An Odvokote auf
On ließ sich gleich a Schreibes mach
On trug's d'n Herzog rauf.

Der Herzog ließ dos Schreibe durch
On hot Bedauerniß,

Daß so a ärmer Bauersmoh
Sei Kühle ei soll büß;

Dröm schrieb Er gleich mit eg'ner Hand
Offs Schreibe dan Befahl:
Daß Er d'n Bauer Alles schenkt,
Er soll sei Kuh behall.

Der Bauer liest's nue ach erst durch
On fängt bedenklich oh:
„Herr Herzog! och, dos helft jo nis!
Doe kehr'n se sich nis droh!

Ich hob ganz annerscht schue geflucht
On ach sackermentirt,
On der Herr Amtmoh hot's weß Gott
Beinohe net droh gehürt!

Dröm gleb ich net, daß ich doerauf
Mei Kühle widder krieg,
Benn mer net schreibt: der Amtmoh soll
Die schwere Nueth gleich krieg!"—

---

er on mei liebe Frah.

Nis schünn'res off der Welt mug's gah
Als Themer on mei liebe Frah!
Die senn mir ganz ohn's Herz gewasse,
Wer'n mich melabig net verlasse.

En Themer erstlich senn die Weck
So gut, mer müg se ner derschmeck,
Ze will mer ann're; mer werd abe
Net sot dervoh en ganze Labe.

Ganz eiträchtlich is ach mei Frah:
Will ich regier, ze will sie's ah;
Doebei ersport se mir des Rede,
On pfeuft mir für, bie off'r Flöte.

En Themer senn die Leut so gut,
Mer faßt doe or'nblich fresche Muth.
Die Kaufleut gabe än vielfältig
Ihr'n Daume zu, ganz unentgeldlich.

En Koche is mei Frah gescheckt!
On bos se ohfängt, — Alles glöckt! —
Is d's Kaffe = Wasser ohgelasse,
Noch brengt se Soß, on denkt, 's wär Kaffe.

Die them're Werth senn gute Leut,
On führ'n ihr Werthschoft ganz gescheit:
Weil sie en Sommer wärm Bier schenke,
Kriegt mer's en Wenter kalt ze trenke.

Mei Frah muß richtig sedlig wär;
Denn en der Höll wär's nis mit ihr:
Sie hot ke Zäh mieh vorn on henne
On wür net Zähgeklapper könne.

En Themer gitt's ach Honratio!
Die fange Alles führnehm oh. —
Wür mer die them're Bauer nenne,
Ze wär'n se Alle bront ze fenne.

Sieht mer mei Frah voh Weite gedh,
Ze denkt mer, sie wär goer net schüe;
Doch en der Nedh! — 's hot goer ken Zweifel,
Doe is se gerstig bie der Teufel.

Dröm koh's nis Schünneres gegah
Als Themer on mei liebe Frah.
Ich lab so glöcklich doe en Stelle:
'S werd Kehner mit mer hannel welle. —

———

Zwee Gedahnke.

———

I.

An meinen Stiefelknecht.

Du ärmer, ärmer Kerl! Du host a elend Labe!
Dei Maul sperrt ömmer auf, on oft kömmt öppes nei;
Doch hot Dei Schöpfer Dir ke Kiegelenk gegabe,
Du koh'st net zugebeiß, dröm mußt Du hongrig blei.

———

II.

Die Welt.

Die Welt is a Schnuppteboksbuhse
Bu Jeder a Priese draus nimmt; —
Nue kömmt's, daß so Mancher a grusse,
So mancher a klenne bekömmt.
Die Mehrzohl schnuppt ganz uzefriede;
Gepfnisch koh net Aehner mit Ruh,
Denn korz is die Zeit ons beschiede —
Der Tuedt macht d'n Teckel gleich zu. —

Des Docter Schenie.

Es gitt oft onter Handwerksleut
Goer egene Schenie,
Die brenges manchmoel goer so weit
Du treibe Medizie!

Mei alter Vetter woer a Moh,
Der woßt doerenn Bescheed;
Ha stellt die Aerznei selber oh,
Benn sich en Haus Aens klöt.

En Frühjohr, oh'n gewisse Tog,
Ganz zur bestimmte Zeit
Ging er en Wald d'n Kräutern nooch,
On wär's ach noch so weit.

Er hatt' des Taused-Gölle-Kraut,
Die Worzel Aloe,
Voh Hirtzkleäh on Fönffenger-Kraut
Kocht er an stärke Thee.

Mit Bärwortz on mit Agetrost
Mocht er die Leut gesond,
On holf's net, noehm er Amerost
On kocht Coriander dront.

Die Goldwortz on des Gott'sgenod
Woer für Mitesser gut;
Für Kopfschmerz kocht er Bohneblot,
Bos gute Werkung thut.

Die Hauswortz kannt er ganz genah,
On ach d'n Mecherleng,
Er hatt' ach die Angelica,
On ach d'n Hermelteng.

So hot er oft Sanct Bärbelkraut
Mit Baldrian vermischt;
Dos renigt ageblecks die Haut,
Benn mer sich boemit wöscht.

Mit Dotterkraut on Bembernell
Mocht er a stärke Kur.
Fürn kranke Mooge kocht er schnell
A Hergelsbeer-Mixtur.

Korz öm! en seiner Aerzenei
Woer er a ganzer Moh;
On söllt's a schlimme Krankheet sey, —
Sei Mettel schluge oh.

Er hätt' sein Nochbesmoh die Frah
Gewießt ach noch gerett',
On hätt'r Mettel könn gegah,
Wenn's ihn der Nochber sött.

Doch der braucht alle Docter aus
On käfft vill Aerzenei,
Ha gob sei Geld mit' nanner aus
On schlug ke Mittel ei.

Doe hott'rs en der größte Nueth
Mein Vetter so geklöt:
„Mei Frah," sött er, „is emoel tuebt! —
Wenn ich mei Geld noch hätt'!"—

„„Ich glebs euch, Nochber, 'fis ach woehr,
Daß euch des Geld noch reut. —
—Ich noehm sechs Batze ganz oh goer,
On brocht' se g'rob so weit.""—

Des Kätzle on der Schweinebroet.

Fabel.

A Kätzle ging off b's Mause aus
On stöbert en an fremme Haus
Neugierig alle Ecke aus.
Es sücht en ganze Haus ömher,
Ob goer nis doe ze fresse wär',
On hot geschnuppert on geroche,
Hot alle Wenkel durchgekroche,
Doch wor'n se alle kreideleer.
Nue schleicht sich's enblich off b'n Bode,
Doe soß, als ob sie Herr dort wär',
A alte Katz, on leckt ihr Pfote.
„Horch, Alte! weßt de nis ze fresse?
Ich bin eu ganze Haus schue röm
On fenn ach net an enz'ge Besse!—
Der Honger brengt mich ball noch öm!"
Doe sprooch die Alt: „ich will Dir gern
An rachte gute Frooß verroeth:
Geäh en die Köche, en der Röhr'n
Doe stett a prächt'ger Schweinebroet!"—
Des Kätzle sprengt en grußer Eil
Gleich en die Köche. Klattert nauf,
Brengt glöcklich ach die Röhr'nthür auf,
On packt b'n Broete so racht geil.
Doch kaum hatt's ner a Stöck gefresse,
Ze hatt's sein Honger schue vergesse,
Es hatt sei Pfote so verbrennt,
Daß sich's für Schmerz beinohe net kennt.

A alte Frah koem noch derzu,
On schlug mit'n Baase herzhoft zu.
Doe reterirt sich's nauf en Bode
Zur alte Katz. Die lacht on höhnt!
„Ich hob mich abe ach verbrennt,
Nue lecke mer mit'nand die Pfote."—

Du denkst, die Katze wär'n allee
So falsch, on führte sich ner oh?
Ich koh Dir für gewiß gesöh,
Die Mensche mache's g'rob a so.
Schue klenne Kenner baue sich
Ananner selber Grüble,
On fällt äns nei, noch mache se
Gleich „schobe, schobe Rüble!" —
On frägst Du Jemand just öm Roth,
Ze scheckt er Dich gewiß dort hie
Bu er an Schobe hot gehot,
On fröt sich ennerlich boerüh,
Daß er nue ach Gesellschoft hot.
So Manchen gett's as bie dan Kätzle,
Gett er off Freierei erst aus,
On kriegt am End mit zamt sein Schätzle
Die Schwiegermutter mit en's Haus.
Doe gitt's goer offt a Ugewitter,
Goer höhnisch, zänkisch is die Alt,
Dröm heßt's: es senn die Schwiegermütter
On Schweinebroet am beste — kalt. —

Musiclehr.

Ich hob nue amoel, Gott sey Dank!
A lustig Temp'rement;
Dröm woer denn ach voh Jugeb auf
Musick mei Element.

Net ner, daß ich just Flöte blies,
On kouut Klavier gespill,
Ich kouut ach Geige, blies Fagott,
On dere Sache vill.

Oh meiner Wand doe heugt strichaus
Die Zitter on Gitärr,
Ou onte bront lahnt mei Fagott,
As beun er Herr dort wär.

Amoel soß ich, bie's Nocht woll wär,
Just off mein Kanepee,
Doe wor's, als hürt ich oh der Wand
Die Zitter öppes söh:

„Gitärr!" söt sie. — „es paßt goer net,
Daß mer mich doe her heugt,
Denn gege dich bin ich gewißt
A übel Instrument.

Benn Du gespilt werst, laut's gerob
So hüsch, bie a Klavier,

Doch mei Geklapper müg goer oft
Ke Mensch mit ohgehür."—

"Ich, Zitter!" sött doe die Gitärr,
"Doe host de goer net racht!
En Gegetheel, dei Ton is gut,
On meiner is ganz schlacht.

Dich spilte schue für alter Zeit
Die gruße Dichter gern,
On heut noch bist Du ohgenahm
Bei all die gruße Herrn."

"Halt's Maul! ihr lompe Denger doe!
Euch braucht mer alle zwee!"
—Brommt der Fagott zont en an Ton,
As wär's des Contre=Bec. —

"Euch koh mer jo en Labe net
Zur Musick mitgespill!
Ich ober schmelz die Hermenie!
Nue seyd'r mäußles stell!"—

Die Zitter pischpert zur Gitärr:
"Ich will Dir öppes söh:
Der schimpft off ons, dröm sey Du stell,
On laß dan Grobe gäh."—

— So treff ichs en Gesellschoft oft,
Doe treibt so Mancher Spott;
Dröm denk ich alleinöl: der is
So grob bie mei Fagott.—

Die Seäligkeet.

Es is gewißt a schunne Sach,
Daß Mensche seälig wer'n!
Dröm senn's die Mehr'ste off der Welt
Schue für ihr Labe gern.

Net, daß ich's Aen' zur Lost will leh,
Benn er oft seälig is
Off dere Welt; oh Gott bewoehr!
Dos kömmert mich goer nis.

En Gegetheel! mei Gusto is
Goer oft ach so gestimmt,
Dröm hall ich jeden für an Thor,
Der nie a Fröd sich gönnt.

Doch gleb ich, daß die Seäligkeet
Bei ons ganz annerscht is
Als bie's amoel en Himmel werd,
Mer wees halt net gewiß.

Gitt's denn en Himmel ach vielleicht
So villerlee Pleßir?
Bei ons hot bei der Seäligkeet
A Jeder sei Manier.

Goer oft, benn Aener seälig werd,
Dan mer schue hot gekennt,

Ze is, als wär des Gegetheel
Zont aus sein Temp'rement.

Am beste koh mer's obsolvir
Wenn just a Kermes is,
Doe gitt's der Temp'r enter ill,
Weil Alles seälig is.

Der Mechel zieht die Schnalleschüh
On lad're Hose oh,
Ganz seälig guckt des Greätle hie
On denkt: wärst Du mei Moh!

Der Plotzborsch hot a Band oh'n Hut,
Sei Mädle a Bocket,
Er tanzt drei Rädd öm'n Pluebaam röm,
— Dos is a Seäligkeet!

Dort tanze se! doe senge se!
Dort zanke se mit'nand!
Doe trenke se on schmötze sich,
Wer'n brüderlich bekannt!

Doe fröt sich Mancher förchterlich,
Is seälig on vergnügt,
Bis er en seiner Seäligkeet
Hie en a Ecke fliegt.

En dere Ecke stand ich just
On guckt ganz ruhig zu,
On mocht', weil Alles seälig woer,
Dan klenne Versch derzu.

Zefriedeheet.

Ich bin mit Alle dahm zefriede,
Bos ich nue net geänder koh,
Für Liebschoft wer ich mich brov hüte
Noch ficht mich weiter goer nis oh,
Denn ner dos besle Lieb off Erde
Macht än die allergrößt Beschwerde.

Ich brauch ken Mensche ze beneide,
Ich hob jo mieh bie ann're Leut:
Denn die, die öm Gewinnst sich streite,
Hall ich mit'nand für net gescheit.
Mir is g'rod net vill Gehld beschiede,
Indesse bin ich doch zefriede.

On gelt mir's ach net noch mein Welle,
On trefft mei Hoffnung niemoels ei;
Ze bin ich ganz mur mäusles stelle
On denk: zefriede mußt Du sey!
Noch werd mir, bos ich will, beschiede,
Denn, bie's ach kömmt, — ich bin's zefriede.

Schärr Du, Du Reicher, Alles zomme!
Mach Du Geschäfte, Hannelsmoh!
Kratz, Erdeworm, Dein Mist zesomme!
Brenn, Geizhals, Du Dei Licht net oh!
Zank, Dommkopf, über Krieg on Friede!
Ich mach mein Versch, on — bin ze rjede.

Stöffele en Frühjohr. *)

Ahgele! guckt, schue, jonge Gräsele
Gitt's off dan herze Gänsräsele!
Hannele komm! geäh, Mechele, rüh!
Zieht geschwindig aus die Schüh!
Bot' über's Tholwässerle bärbes nüh!
Mer tanze, on höpfe über's Zäule hie,
Och, ich bin für Fröd ganz törmelnic.

Horcht! seyd amoel stell! horcht amoel mit!
Ich mehnt goer, daß der Hert schue tüt,
Werzig, es schreie die Kühle schue,
Geschindig, nahmt euer Schühle uue,
Schneid't euch Hänselesrüthle roh,
Mer gen zum Hertechristjänle noh!
On doe treibe mer helf aus
Off die Oberthurschwiese naus.

Sprengt! jöb des Kalbeschäckle bei!
Ich mehnt's mößt'n Tuedefrähle ursch sei!
Christjanle, och laß ons treib helf mit,
Laß ons amoel off Dein Hörnle tüt!
Doch! zont kömmt ober a weller
Bröller geschaucht, a schwärzer Bröller!
Reißt aus! guckt, zont kriegt'r an Fietz,
On hennebrei gauzt der Muhrles Spietz.

Och, 's läut zwölf! dos is doch tab!
Nue könne mer nimme die Kühle gehab!

Mösse widder en die Schul trawall,
Dos ewig Gesitz, koh's net ausgehall!
Kotz schwenzelenz! 's muß doch gange sey!
I ze steck ich mer a Stöckle Schnorrkuche
 Zwesche die Bücher rei
On beiß verstohle ontern Pültle nei.
On is ner die Schul erscht widder aus,
Noch treib ich mei klenne Wiberle naus.

Eiseboh = Gedahnke.

Gett her on setzt euch öm mich röm!
Ich will euch öppes söh!
Die Reiche streite — b'röm? — deröm —
Die könne net geklöh.
Sie streite schue goer lang mit'nand,
On hom des End noch net derlangt;
Dröm fange zont die Bauer oh
On schwatze voh der Eiseboh.

Doe neulich woer ich off an Duerf,
Doe hatte ses dervoh;
On ich koem g'rod so mit en Wuerf
On hürt dos Denk mit oh.
Der Scholz fing oh: „Ihr Leut, glebt mir!
Der Meyer dobe stett dervür,
Die Eiseboh = Meschanerie
Die gett d'n Werrgrond ein're hie!"

„Dos däucht mich doch, wär goer ze erg,
Bie's doe d'n Pfehr'ne gett!"
„„Ja Jörg! bu denkst Du widder hie!
Geäh hie, on seähs mit oh!
Mer braucht ke Pfehr on anner Vieh,
Dos treibt die Eiseboh!

A fuchze Waage, gleb mein Wurt!
Senn on anand gehenkt,
On äner scheubt d'n ann're fort,
Dröm getts ah so geschwind.
Ich well ner gern dos Uglöck seäh,
Führ'n die amoel off der Schussee,
Die bleibe ömmer en Gelees —
Sich, Jörg! so getts, benn mer nis wees.

Ich hatt' ühr'n ganze Gruem gleich wak,
Sie fuhr'n für mich verbei
On bliebe strichaus off ühr'n Waak
On kehr'n goer nergends ei.
Sie brauches net! denn sett ner oh!
A Köche hom se ah vorn droh;
Des Feuer broent schue hellauf denn,
On vorn droh racht a Schluet goer schwen!"""—

„Herr Scholz!"— sproch Köpp—„ihr seyd a Moh,
Für dan hob ich Respect!
Ihr hots gesenn! mer merkts gleich droh,
Bu Wessefchoft denn steckt!
'Sis erg bie weit's die Menschheet brengt!
On ber nue ner dos Denk derdenkt?
Ze sött mer doch, bie getts denn ner?
Ihr sprocht, sie brauchte dort ke Pfehr?"—

Nue röckt der Scholz sei Käpple röm,
As könnts net raus gekomm,
On sproch: „Köpp! — seäh Dich ach erst öm!
Noch frägst De net so domm!

Ich hobs derfärn, bie ich für'n Joehr
Mit meiner Frah en Leipzig woer,
Doe hot mersch äner racht derklärt;
Sich Köpp! dos ich doch öppes werth!

Bei jeden Woge — paß gut auf! —
Doe leit bei jeden Rod
A stärke Fahder, die sprengt auf
Bann Aens an Dröcker thoet.
Die Faber schäubt des Rod ömher,
Rue sprech, bos braucht mer doe noch Pfehr?
Dos gett en än Flug ein're hie
Mit Mensche, Säu on anner Vieh.

Ich hobs mit meiner Frah gesenn,
On hot ons net geräut,
So öppes fröht än doch goer schwen,
Mer werd doedurch gescheit.
On benn mersch erst en Werrgrond homm,
Noch koh mer ehr derzu gekomm,
Söllt ich an Tholer dröm möß gah,
Ze fohr ich noch mit meiner Frah!"—

„Gevotter Köpp!"— staunt nue der Jörg —
„Bos mehnst De doe derzu?"
„„A Tholer is a besle erg!""" —
„Mer nimmt ke Frah derzu!
Ich koh allee ach hie gegeäh
On kon's für'n Gölle ohgeseäh, —
Benn ner der Meyer racht droh wär,
Daß mer b'n Werrgrond ein're führ!"—

———

Oh des ganz Publikum.

Nue endlich bin ich doch so weit,
Daß ich an Schluß will mach,
On werd'r ach net ganz gescheit,
Ze bitt ich höflichst alle Leut:
„Sie solle net druh lach!“ —
Ich gab's jo zu, daß manichmoel
A Verschle dront werd senn,
Bos dan on jene net gefällt —
Doe koh ich net dröm nöm;
Du lieber Gott! ber koh's denn ach
An Jeden noch sein Senn gemach?
Ich wes, bei'n liebe Publikum
Doe gett's goer pudel = närrisch her:
Es gitt vill Köpf, es gitt vill Senn,
'S hot Jeder öppes An'res denn,
On denkt, daß Sein's des Richtig wär;
Doch hob ich ach schue oft gehürt,
Es hätt' sich Mancher stärk bethört,
Hätt über Gegeständ well red,
Bu er goer nis dervoh verstett.
Sell hall ich goer net für gescheit
On muß zont offe söh:
„Mer muß net über ann're Leut
Gleich ubermherzig klöh!“ —
Doch klägt so Mancher ach goer oft
On hot des Racht derzu;
Doe söhg ich's für mei Labe gern
Er ließ mich en der Ruh,

Zemoel, benn's just der Fall söll sey
On köem durch Verschles = Macherei;
Ich köem doe ganz uschuld'ger Weis' –
En die Schlamassel mette nei,
Denn ich hob schue seit mehre Joehr
Vill Fröd oh d'r poet'sche Woer,
Hob dröm vill Liedle schue gemocht
On hob's nue ach so weit gebrocht,
Daß Jeder, der vergesse is,
On koh die Versch net so getreff,
Der dörf sich ner dos Büchle keff,
Doe koh er sich denn raus gesüch
Bos er gerod am liebste müg.
On söllt'n goer des Gehld noch röh,
Bos er doe auf muß wend,
Ze muß mer'n gleich die Mehning söh,
Denn dos is net verschwend't!
Doch lieber gett'r jedenfalls
En's Werthshaus, gorgelt doe sein Hals
Mit stärke, geistige Getränk;
Er söllt doch werlich ach bedenk,
Daß net en Wei on Schnaps on Bier
Allee des Geistig mößt kampier;
Der söll sich erst dos Buch doe keff,
Doe könnt'r Geist denn ohgetreff!
Denn daß mei Liedle geistig senn,
Dos is geweßlich woer!
Ich hob mich tüchtig möß besenn,
Es is poet'sche Woer!
Manch Liedle koh mer goer geseng!
Dröm kefft se! — ich will ann're breng! —

Worterklärungen

und

Berichtigungen.

Sollten sich auch in diesen Berichtigungen einige Versehen eingefunden haben, so muß sie der des themarer Dialekts Kundige entschuldigen; wer die Schwierigkeiten kennt, welche in der Besorgung einer solchen Arbeit für denjenigen liegen, welcher den betreffenden Dialekt zwar versteht, aber nicht sprechen kann, wird ohnedieß gern ein Aug zudrücken, wenn ihm ein lustiges Böcklein hinein fallen will.

A

a be, eben.
a ch, auch.
äh, eine.
Aens, Eines, Jemand.
Aerbet, Arbeit.
ageblecks, augenblicklich.
ahgele, Ah! Ach!
ahging, anging, anfing.
allee, allein.
annerscht, anders.
as, als.
aufre hie, aufwärts hin, bergauf.

B

Baase, Besen.
bärbes, baarfüßig.
ball, bald.
benn, wenn.
ber, wer.
berôm, brôm, warum.

befenn, befinnen.
bie, wie.
blei, bleiben.
bleit, bleibt.
Bocket, Bouquet, Blumenstrauß.
Böndel, Bündel.
Boh, Bahn.
bos, was.
Bröller, Brüller, Heerdochfe.
bu, wo.

C

Cigohr, Cigarren.

D

bahm, bemjenigen.
ban, diefen.
decke, dicke.
Deistel, Deichsel.
Denk, Ding.
denn, darin.
berhemm, daheim.
bobe, droben.
bocht, bachte.
börrer, dürrer.
boerüh, darüber.
bront, barunter.
Dunner Labe, ein Donnerähnliches Geräusch,
(Leben).
Dunnerstig, Donnerstag.

E

eege, eigene, befondere.
eenzig, enzig, einzig, S. 28 verhochdeutfcht.
Ehde, Egge.
Erdeworm, habfüchtiger Bauer.
erg, arg.
ernt, epper, etwa.

F

fenne, finden.
Fietz, Fitzer, Peitschenschlag.
fost, fast.
fört, fürchtet.
fröt'n, freut ihn.

G

gaaz, ganz.
Gänsräsele, Rasen für Gänse.
gegah, geben.
Gepfnisch, nießen.
geschächt, getrieben, gehetzt.
geschaucht, schnell, schnell gelaufen.
gescheckt, geschickt.
geschlöh, geschlagene, nicht geschlogne, wie sich
    S. 20 irrthümlich eingeschlichen hat.
gesenn, gesehen.
gewasse, gewachsen.
gitts, gibt es.
glebts, glaubt es.
goer, gar.
Gräsele, Gräschen.
gruße, große.

H

Ha, er.
häbt, haut, schlägt.
halbeg, halbweg.
hall, halten.
hemlich, heimlich.
henne, hinten.
hennerschich, hintersich.
Hert, Hirte.
Hertechristjanle, des Hirten kleiner Christian.
hetzger, hitziger.
hill, hielt.
Horr, Hast.
hürt, hört.

Hütz, Klöße. *)

I

J ze, ei so.
jo, ja.
jöh, jagen, jage.

K

Kaas (drein geben), seine Meinung dazu sagen.
Kenb=Teff, Kindtaufe.
Kenner, Kinder.
Kermes, Kirchweihe.
Kiegelenk, Kinngelenk.
koeme, S. 18 fälschl. kame, kamen.
Kösper, Kaspar.
koh, kann.

———

*) Wir ergreifen diese Gelegenheit, um eines Mannes
zu gedenken, der unter den hennebergischen Dichtern,
S. 15 der Einleitung, hätte erwähnt werden müssen:
Die „Gedichte ꝛc. von G. Th. A. Deckert (Hild=
burghausen, 1827)" bringen in einem Anhang zwei
Gedichte: „Der Henneberger Lieblingsge=
richt," das in sachverständiger Weise die Bereitung
der Klöße besingt, z. B.:

> Klänner, röst die Bröckle!
> Lasse nett verbrenn!
> Schneid hüsch klänne Stöckle,
> Wie s' ins Mäule gänn! ꝛc.

und die noch bekanntere „Todtenlache"

> Kenner, gett mer net ze noah
>   On die Toadelache!
> Bodeloas is d's Wasser doah,
>   Wu die Nabel rache. ꝛc.

> Und wenn ich euch erst wöllt söah,
>   Woas ich vo mein Hährla
> Wäs, ihr gingt alläh net meäh
>   In die schwärze Beärla. ꝛc. ꝛc.

Es ist zu beklagen, daß dieser gemüthliche Dichter nicht
eine reichere Sammlung solcher volksthümlichen Poe=
sieen veröffentlicht hat.

L

labre, lederne.
leet, legt.
Longe, Lunge.

M

melabig, meine Lebtage.
mer, man.
merscheer, Fehler auf S. 18 für marschier, mar-
schiren.
Mettel, Mittel.
mieh, mehr.
mocht, machte.
Moh, Mann.
Möhd, Magd.
Moog, Magen.
Morsch, Hans Morsch, mors, lat., der Tod.
mugt, mochte.
murmäuslesstell, so still wie ein Mäuschen,
das nicht muckst.

N

ner, nur.
nis, nichts.
noch, nachher.

O

Obedesse, Abendessen.
Oberthurschwiese, Oberthorwiese.
Och, Ausruf: ach!
Ocht, Acht.
Odvokote, Advokaten.
Oesche, Asche.
off, auf.
ohgehür, anhören.
ohgesode, abgesotten.
ohnig, nordfränk. anig, fort.
Ohweising, Anweisung.
on, und.

onner, unſer.

P

Paach, Pech.
Pfehrſtohl, Pferdeſtall.
Pferr, Pfarrer.
piſchpern, leiſ reden.
Plotzborſch, Planburſch, die Bauernburſche, welche
     bei der Kirchweihe den Plan be-
     ziehen und um den
Pluebaam, Planbaum — herumtanzen.

R

Rää, Reihen, Reigen, beim Tanze.
Rebenzeleszelot, Salat von Rapünzchen.
Rüemelder, die Bewohner von Römhild.

S

ſcheck, ſchicken.
Schläh, Schläge.
ſchmötze, ſchmaßen, küſſen.
Schmutz, ein Kuß.
Schnorrkuche, Art Kartoffelkuchen.
Schobe, ſchobe Rüble, Neckerei der Kinder,
     wobei ſie mit dem einen Zeigefinger
     auf dem andern ſtreichen, Schaden-
     freude anzeigend.
Scholl, Schulden.
ſchue, ſchon.
ſchüe, ſchön; S. 27 ſteht irrig ſchue.
ſchuent, ſchonet.
ſchünſt, ſchönſte.
Schulmeſter, nicht Schulmeiſter, wie S. 30 in
     der Ueberſchrift ſteht.
Seäl, Seele.
ſeller, ſelbiger, derſelbe.
ſöh, ſagen.
Senn, Sinn.
ſöſt, ſollſt.
ſött, ſagt.

sohe, sahen.
Staab, Staub.
stell, still.
Sten, Stein.
Stonn, Stunde.
Ströh, Streu.
Stuerch, Storch.
Sueme, Saamen.
süst, sonst.

T

tab, taub, hier soviel wie dumm.
Tholwässerle, Thalgewässer.
töhge, taugen.
törmelnie, taumelnd (sehr alter Ausdruck, der
        sich unter den Kindern in Themar
                forterhält).
trawall, gehen, arbeiten (travailler.)
Tuedefröhle, Todtenfrau.

U

Uglöck, Unglück.

V

vell, vill, viel.
vergabes, vergebens.
versecher, versichern.
vertröh, vertragen.

W

Waak, Weg.
Well, Wille, Willen.
well, wild; auf S. 23 ist zu setzen „Dos well
           Denk 2c.“
werzig, wahrlich.
Wiberle, junge Gänschen.
wist, willst.
Wöhsinge, Wasungen.
Woog, Wagen.
wur, wurde.

Zäule, kleiner Zaun.
ze, so.
Zelot, Salat.
zeracht, zurecht.
zerlächt, vertrocknet, ausgedorrt, auseinander.
zomme, zusammen.
Zonge, Zunge.
zont, jetzund.

Fr. Hofmann.